halluci
nation

ハルシネーション

草間小鳥子

七月堂

目次

i　水平線に、春、近すぎて見えない

ハルシネーション

i

水平線に、春、近すぎて見えない

圧倒的に弱く多数の、そして無価値な

ゆび先を傷つけることしかできない言葉のかわりに
腕のやわらかいところへ互いの名まえを書き合う
いく年かの仄暗い日々が過ぎ
脆いからだが風化したとき
刻まれた（わたしの
一部はその意味を失うだろう
汚れた川の向こう岸から拡声器は騒いだ
——投石してみろ　みなごろしだ

川辺の（わたしたちは
ひとかけらの小石も手にとらなかった
口をつぐんだまま薄日に影を落として
（こんなに　こんなに近いのに

からだは朽ちる
魂はころされる
権力ははじめ口は塞がず
正しさの物差しを喉元へあてておく
くすぶる喉を枯らしても言葉は届かない
しかし消えることはない
――みなごろしだ　声をあげなかったつみで
すくなくとも詩を書いた（わたしたちは
時代の栞文のように（だから、何？

みなのこらず燃えてしまって跡形もない

墨をこぼした山々の麓はくすみ
すすきの穂が梳る風ばかりが
墓標の窪みに逆巻いていた
うすっぺらな位牌を投棄し朝焼けのなか
生き残った無名のひとびとは
歌に詩に息を吹き込み
口を閉じたあとはそっと
唇へひとさしゆびをあてたのだった

テクストを生成することでひと握り小金を得て
貧しくなくなったかと問われればそれはごく僅かで
まずいもので喉を潤す日々はつづいた

川が流れている
川は流れてゆく
わたしとわたしたちのあいだを
みじかい悪夢のように
狭まる川幅
こんなにもはやい流れで

いつだって嘘をつく
いつだって間違える
それだけがわたしたちの正しさ
あやまちをなぞるあたたかなゆび
紙背に眠る言葉を口ずさむ
いくつものあたらしい唇
圧倒的に弱く多数の、そして無価値な

リバー、霞んだ瞳で

桜の開花で春の到来をはかるな
北上する前線は花ばかりでなく
雨上がりの鋭い臭覚が
敵意の芽吹きを嗅ぎ分けるとき
ぬかるみに足元をすくわれる

霞む川辺を
バンザイのまま流されてゆく

運の悪い家畜と
それからエトセトラ
夥しいほどの腕に番号を振るのも億劫で
曖昧にその数を切り捨て
ヒトはすべて概数とする

牛舎のにおい
にがい唾液に湿る草の穂
正しさで正しさを語るな
花を花で語るな
石でイシを
詩でシを――
　そんなにもはやく
春を連れてこようとして

こわばる肩に沿って
ひずんでゆく
川の流れよ

ほら、山も笑うくらいの目分量
春眠
まだ目を閉じているのか

空路

空がいそがしくなってきたね
視力検査で目を凝らす虹色の気球は
いつだって遠くて無害
(ドローンは必ずしも兵器ではない
安全安心な空からは
目を凝らしても見えないもの
あつらえられた共感のかわりに手ばなした罪悪感も
きれいさっぱり燃え殻だ

だから
紙飛行機から手をはなす時には許可をとること
わたしたちの空は財産
安全な空路を阻むものは撃墜する
いざとなれば鳥だって撃つ

窓

国道沿いの並木がやすやすと
その個別の意味を失ってゆく
死者が抽象化されるように
初夏の車窓という代名詞に上塗りされ
溶けてしまえば風味さえ残らない
記録されないか弱い地鳴りが
葉裏で孵った透きとおる幼虫を揺らし
その揺れはわたしの爪先へつめたく響く

ひつじ雲
死んでたまるか
こんなつまらない場所で

さよなら海

最後の砂丘で
白い砂に足の裏を濡らして
いまはもうない海のことを話した
埠頭を出たまま戻らない
いく艘もの舟
行き場をなくした水平線と
凍りついた波頭について
海の消滅に気づくひとはわずかで

架空のサーフボードを売る店は盛況だ
砂山へ聴音棒をさしいれ
どこかにある波をさがすひとびとの
目深に被った帽子のつばから
もう汽水はあんなにせり上がって

冷めない

挑むからこてんぱんに負ける
そんな時代は終わったんだ
ぬるい風に半旗は垂れて
曇天へ大きく腕を振れ
結晶化した闘争心を薄切りにして撒き餌し
ほとぼりが冷めた頃一気に釣り上げる
薄暮れに
つめたい釣果は風に吹かれて

手放そうとしても棄てきれないものばかりが
浜に残った真昼の熱を奪ってゆく

蝶の飛び方

浜に打ち上げられたそれは白くふやけていて
「あの海へは行かない」と泣いた妹よ
もう目を閉じていい
わたしが最後まで目を開いているから

いつだっただろう
妹の濡れた瞳に黒い蝶が翻るのを見た
だから向かい合っていたのだと思う

「みて。蝶は羽ばたくときに尻が落ちるね」
陽射しが突き刺さる妹の白い腿は
ひりひりと発火し
或いは、そんな日々さえ幻だった？

汗ばんだ二の腕にまとわりつくじゃりじゃりの南風
妹を抱きかかえ
燃える島へ目を凝らす
生きている者も
いない者も
蝶も
木々も
数えきれないまなざしも
ひとしくひとしく燃えており

いつからだろう、波音がしない

そして
足の裏を焼けた砂で焦がしながら
わたしたちは
終わらない地獄をくぐった

数値化されない波

「もう勝ち上がれないと知った日の
しずかな夕陽をおぼえていますか」
正論で人を殺せるスマートな未来だ
透明なしごとを終え
薄い楽譜を抱いて眠る
戦禍に研ぎ澄まされた耳で波の音を聴こう
勝ち負けとは無縁の波
あいまいな喪失を抱えながら

わたしたちは恢復する
猫などいるとそれはやや早い

ジョバンニ

ぬるい海が暗い熱で沸いた
みじかい梅雨が明けた朝
暗殺事件があった

毛羽だつ山肌を
若い夏が
いっさんに駆け下りてくる
緑の葉先から生命は迸り

逃げるように列車は走ってゆくのだった
忘れられる権利について考えてみたところで
田園に次ぐ田園
甘い視野狭窄にちぢむ車窓
空席に腰掛けうなだれる影　草の穂
生きているかぎり
意味から逸脱することはできない
　撃たれることも仕事のうちとして
肝心なのは理由だった
　わたしたちは　みじかい年表を紐解く――

途中下車したさびしい土地で
欠けた道の先に欠けた海が光る
貝の幼生が屑星のように瞬く

藍色の岩場で膝を抱えて
座標のない椅子を潮間帯に浮かべ
星座早見盤を天にかざせば
星列をたどる無数のゆびさき

「子どものひとり遊びに内包された死を嗅ぎ分けた線虫のひとつひとつが天の川をつくります」
手のなかの銀河
のぞいてごらんと言われて
片目でのぞいた
「これがわたしたちの星です」
白く浮かぶ望遠の星は
なるほど
塵みたいだった

明晰夢

明け方に処刑されるのは昨晩夢を語った若者
違法だ
過剰な夢の垂れ流しは

脆い骨で埋め立てた首府に築かれた
あかるい夢の要塞で
ひとしく口角をあげ白い手を振る
ほほえみを返すことに違和をおぼえた瞬間

おまえの城は傾くだろう

ぬるい夕暮れの足並みにさからって歩く
星だ（信じるな　ただの光だ
愚かな頬のまま
あつらえた夢に溺れてさえいれば
いまでも幸福でいられた？

ゆれる野火へ
星影に濡れた紙束をそっと焚べ
「いいか　いまから語るのは夢なんかじゃない」
生きのびた若者が語りはじめる
頬は赤々と燃え
子どもたちが目を見張り耳を押さえる

おそろしいこと
そう
ほんとうの夢はいつだって
おそろしいから

しずかに。これから夢を見るから

窓を開け放ちバスは風を運ぶ
数値に裏打ちされた無害な空気
「ごらん、すべてのものには単位がある」
パーセク、ヘクタール、シーベルト
主観を取り払うと物事はひとしく可視化される
ひとしく無力であること
そこからはじまる
丸眼鏡の数理の教師は板書をつづけ

「でも　　　」
雑音のように美しいことを言った
でも
わたしたちは
きっともう思い出せない
　　　アラートは鳴らない

信頼も恐怖も正しく測れる
共通単位でクレジットしよう
想像して
顕在化したピースを枯れ草にのせ
向かい合わせに座るだけでいい
すこし風が強いけれど
それは生き物が不完全な障害物だから

立ち枯れた草木がさざめくのも
窪地によるべない影が落ちるのも
でもわたしたちはバスの中だ
安全な安心な清潔な空間
エンジンの低いうなり
ひしゃげた丸眼鏡
数理の教師の不在
そのかたちのまま解き放たれる
やわらかな質量

沿道に並ぶひとびとは白紙を掲げ口元を隠す
見えない声に耳をすますのは
タイムパフォーマンスが悪いから
オーケー、窓を閉めて

アラートは鳴らない

うたた寝くらいがちょうどいい
白昼夢に撫でられ
一度も命をうけたことのない静物のように
冷えびえと笑っていろ

そうしてわたしたちは
朝のほの暗い靄のかかる停車場で
泥はねを洗った――

クラクションが鳴り響いたのはその時だった
置き去りにされた感受性が
訓練のとおり力いっぱい声を枯らす

抒情に逃れた詩人がはね起き
大切なことを思い出したように
時計も見ずに駆け出してゆく
「目をあけて」
じき息をのむような夜明けだ

春は曇り日。庭先で犬を洗う

靴泥棒は肝心な時にかかとから奪ってゆく。すばらしい靴の解放運動。きみが素足で壇上へあがる頃、さびしい砂を溜めた靴は黄色い線の内側でつま先そろえ次のステップ。人はたびたび迷うが靴はいつだって正しい方位を向いている。すり減るばかりだ（履く人が悪いよ）

放っておいても自走する錆びたテンションで、喉元詰まって破裂する前に、ふざけた夢のはけ口を探していた。言い訳ばかりうまくなって、花電車。吐き気がするほどのどかだね。怒れない相手には強く出て、ずるく生きているつもりで駆け引きのたびまた失っている。砕け散る車窓に踏み切りを塗り込め。鉄橋だ鉄橋だ！　うれしいな。

天気予報のはずれた方の世界に住んでいた。はじめから傷つかないように踏み出さずにいることをゆるやかに肯定する曇天。降水確率30パーセント。きみならどうする？　ひらいた傘を空へとばして気象予報士の集団逃避行。全国的におだやかで、過ごしやすい一日となるでしょう。

「鮫と一緒の水槽で食べられないの？」間抜けなことを訊くきみの後ろにだって、ほら鮫の尾ひれがひるがえる。瞳をよぎる鰯の群れ。水紋のたゆたう透明な大水槽で、まるでここが本物の海、みたいな顔（スイミー、あぁ）。偽物も本物も大差ないよ。真実なんてわからないまま、ここで生まれてここで死ぬ。あたらしい水槽がいま海中へゆっくりと沈められ、島に雨季が来る。

コーラ色した背中の窪みにいっぽん、すっと線を引いて、これがきみの水平線。

ぜんぶ綺麗に分けられたらいいのにね。嫌なことと良いことと。正解と不正解と。みんな水平線ばかり見ている。海の果てには線なんかなくて、どこまでいっても正解なんてなくて。盛り上がる波、砕ける空。こっちへくる。

いつまでたっても夕暮れ。薄日に濡れてまどろみながら「また明日ね」という約束は待ちぼうけをくらう。『ゾウの時間　ネズミの時間』、あれはいい本だった。時刻表通りに発車したバスに置き去りにされ砂埃のなか。錆びたベンチに腰掛けて頁を繰るこの文庫本もまた、ひとつの循環であり美しく落丁している。

辛子を溶かした水を注ぐと、みみずが痺れてあがってくるからみててごらん。地中から出てきたみみずは体をくねらせこう言うんだ。「ひとに辛いものは辛いように、住みにくいものは住みにくい。目を持たないぶん世の中がより良く見えるのだ」それから肥沃な土を吐く。地の底まで染み込んだ汚泥はガレージをぬるく流れて——。

歩く犬をふやす。この世はつねに盤石すぎた――resilience――新しい風土で、みずからの意志で犬は歩く。斜向いの犬がまるで犬であることが業のように雲のしじまへ吠え立てようが、歩く犬はふえる。非在の都市に遠い旗はふられ、風穴の空いた犬の穴の向こうに革命の幕開け。

「怠惰を受け容れるのは簡単だ」

犬は足を組み替え頬杖ついて言う。

「飼い慣らされればいいいんだよ」

空想保護区

架空の姉弟は結託し
蓮の根から生まれた子どもらを
つぎつぎに窓から放った
ここは死に至るほど清潔な檻
湿った手に手に絵筆を握り
からっぽの温室を
鈍色の絵の具で塗り込めてまわる

「窓には気をつけて。ほんとうに透明だから」

「水をそそぐと輪郭さえ光に溶けてしまうね」

いちめんの窓　そして窓

水はほど良くよごれて美味
日ざしも充分よごれている
ひきこめ　みたせ
不可視の毒が
もろい秩序を塗り替えてゆく
そっと抱き上げる力加減で

いよいよ押し黙る葉の息に結露した窓の外
泥だらけの子どもがバンザイする
窮屈そうに膝を抱えてふたり

「きれいだね（嘘だよ）」
「うん、きれいだね（嘘だよ）」
目にいっぱい埃を詰めて
硝子張りの空を指さす

「町」と呼ばれていたところ

風景がひとつ崩れるたび
しんしんと灰は降り積み
まぶたの淵に記憶の町が建つ

つましい暮らしは微笑みばかり
いまはもうない
闇に浮かぶ保育園の窓
ホテルの電光掲示板

プラットホームの蛍光灯も
まばたく光源となって
架空の町を守っている
力に介入されることのない
しずかな町を

明け方
薄日に濡れ荒れた道を
素足の春が歩いてくる
しめやかに花弁を揺らし
はるばると
苦しめられ傷ついた土を踏んで
ゆるやかに歪曲し
遮るもののなくなった地平を見渡し

不思議そうに寿いでいる

やがて転調する空の

けむりだ　けむりだ
山の向こうに火の手があがる
音を喪った白木のピアノは
鈍器のように燃えている
伐り倒せばうしなわれる水だが
銃撃をうけても楽器は死なない
けれど思念が燃えさかっている

けむりだ
見張っていよう（わたしは
鍵盤へ指をおろし
あがくように祈った（わたしたちは
無力な音階を薄い耳へきざんで

だんだんに燻り
火種は地中へもぐっても
いっときもたやさぬように（わたしは（わたしたちは

はかない音に足をとめたひとの
まなざしがかさなり
山の端から空は明るむ
なにごともなかったように

霧の町のたろう

霧の町のたろう

霧の町のたろう
風の町のはなこへ
みじかい手紙をかく

風の町のはなこ
便箋を水にひたす
裾を濡らし口をすすぐ
光をとりこぼす

他愛ない
朝の儀式として

霧の町のひとは
うつむきがちに歩く
たろうも道へ目を落とす
道は誰にでもやさしい
耳もとで鳴る風に
知らない楽器の音が
かすかに混じる

風の町で
電話は鳴らない
つめたい受話器を耳にあて

そっとうなずき続ける
軽いあいづちが
息継ぎのあいまに
ことりと置かれる
窓の外はけむっている

霧の町のたろう
風の町のはなこと
すれちがう
影と影のかさなりから
雲間へ細く橋が架かる
それぞれの気がかり
ふりかえりはしない

風の町のはなこは
ここが風の町だと知らない
濡れた髪のまま
芝を踏んで歩く
道の先に蜃気楼が立ち
霧の町が浮かぶ

出さなかった手紙を
刻むたろうの薄い爪から
町はしずかに剥がれてゆく
そこでは風が歌い
はぐれた挨拶のゆくえは
誰も知らない

固く目を閉じたたろうが
川上から流れてくる
留守番電話へ
息を吹き込むはなこ
いっせいに起立する影
砂まじりの鼻歌
たろうは流れてゆく

はなこが髪をとかす
靴下をはく
木戸をあけはなち
その鍵を捨てる

霧が晴れ

霧の町はただの町になる
花野で目をさます
ただのたろう
ほど近くで朝露が落ち
彼方から声は呼ぶ
おなじ間違いを
繰り返していると思う
空を蹴ってみたところで
ただ遠いだけ

道の先から
はなこがやってくる
やわらかなつむじから
生まれる風のなか

きおくの独奏
声のないおわかれ
いく枚も　いく枚も
便箋がはためき
たろうを白く覆い隠す
そよ風

たろうだった丘に
はなこが腰かけ
風を読んでいる
すいすいとはいかない
つっかかったところから
またやり直す
散らかった日差し

聞き覚えのある声（または音）
鳴らない電話
まひるの

過ぎてしまったことを
たぐり寄せることはできない
そう気づいたとき
ふたたび霧は立ちこめ
風はそよ吹き
ゆくえのない橋の向こうで
わたしたちは
出会い直すことだってできる

iii

幻になる前に

息をひそめて

借景の手入れは行き届いていた。南側の遊歩道に桂の木漏れ日が揺れ花梨や山茱萸が実をつけ砂場をセコイアの針葉が覆う。高木も灌木も果樹も雑草もあるべきところでしずかに呼吸しながら朽ちてはそれなりにまた茂った。

団地は3LDKでバルコニーと物置があった。子ども部屋の向こうにある青白い小部屋には知らない小父さんが住んでいる。小父さんは夜明け前に起き出して作業着に着替え大きな枝切り鋏片手に借景へ樹々の目を潰しに行く。朝が来る。世界に笑い声が響く。

「みんなの　えがおが　あふれる　せかい」

運動を無効化するためには笑うことだ。上からの力にひとは抗うが横からの力には弱いようでひとたび笑いが伝播すると必死に勝ち得ようとするものも真剣に憤るものも薄っぺらく消費される。口をあけて笑うひとの洞の奥の腹の底の存在を支える敵意よ。俊敏に逃げるために動物は自動する。そして追うために。

強い風が吹いた日。借景のユリの木が根こそぎ倒れた。女がひとり地面に空いた巨大な昏い洞へ潜ってゆく。洞は温かく湿り乳白色の目をした蝉の幼虫が蠢いていた。口を開けて笑う。喉の奥の闇が洞へ渦を巻きながら流れてゆく。そこで女は終わらない根をゆっくりと張った。

あらゆる方角からの力に草木は抗わず靡き耐えられなくなれば潔く折れた。子ども部屋が子ども部屋でなくなってからも団地が団地でなくなったあとも世界が世界でなくなっても。ゆるやかな恢復と再生を経て植物はふたたび語りはじめる。

——わたしたちは誰のことも憎まなかったしまた愛さなかった

どの告白もそのようにはじまっていた。

地下水脈

見えないひとびとのこらえた涙が
側溝を流れている
この町は耳をすますと
さらさらと水の音がする

見えないしごとの上に
ぶ厚い道が敷かれ
さらさらと暮らしが建ち

湯を沸かす傍には
いつも冷たい手が置かれた
水脈はひたひたに満ち
かしぐ町は巨大な振り子だ

ひとびとの両足に鉄の錘をつけ
地盤に打ち込み錨にする
町は浮力にたえながら
誰もいない公園をかかえ
まもなく決壊する港を浮かべ
煮えたぎる水脈の音を響かせた

最後の船が接岸する時
埠頭に立つ区別のない子どもたちは

めぃめぃ水底へ呼びかけながら
桟橋が下りるのを待った
ちぃさく歌う子どももいた
真っ赤な空を見上げて
「さようなら、お母さん」

力に尊厳を渡さず
気高く怒り
したたかに生きよ
地鳴り　噴煙　ほとばしる血潮

さらさらと――

「わたしの腹の底には鉄の錘があります。生まれる前からあります。お母さんから受け継ぎました。わたしの名前、それはこれから決めるところ」

迷子

雨の音がする
雨は降っていない
耳のなかに迷い込んだまま出られなくなった雨音が
幼い記憶のように鼓膜を鳴らしているのだった
きっと晴れたら終わってしまうものが
水滴の向こうで足止めされている
傘はもう何本も忘れてきた
(遺失物センターにも届かなかった、風のゆくえを知りたいですか)

玄関は雨だ
リビングも雨だ
子ども部屋も雨で
そこへうれしそうに髪を濡らした
知らない子どもが帰ってくる

廊下

「もう何もいらないから
これ以上何もうばわないで」
かすれた鉛筆でなぞる
とめどない祈りの
落とし主は誰ですか
誰も挙手しない放課後　雨
そんな日もあった
たくさんのことが過ぎていって

でも何ひとつ終わらない廊下だ

空席

すべての空席には
非在のまなざしがひるがえる
公園のベンチ　昼下がりの車輌
責められることも
問われることもないが
ひとしきり
怠惰の熱に首元をあたため
――善く生きたか

白い息で振り返れば
凍てついた舗道をなでる風
おびただしい凧が空を埋める
幾千の夕暮れ

みちゆき

ほんとうに暗いときにしか
光らない雪が
道行きを仄青く照らしている
光るのはうつくしいからではない
踏み越えられなかった弱さやずるさ
すべての塵が
ほかの光を
さめざめと照り返すから

敷き詰められた雪のうえに
固く目を閉じ汚れた昨日が
道標のように発光している

はつ恋

日盛りにうずくまる
よるべない影は
わたしがはじめて書いた詩なのだった
かわいた地面にうすむらさきの涙をこぼし
書けることのよろこびの他に
いったいなにを欲しかったのかと問う
影はぬしを失い
わたしもまた影を失ったまま

ふたたび縫いつけることはできなかった

空気の籠

そこに虫が入ったことはないので
からっぽの虫籠で空気を育てている
蓋を開けたことがないので
そこにいつまでも幸せな気流がある
うそぶいた言葉で肺は汚れても
わたしの虫籠で幼い幸福は
見えない羽をかすかに鳴らしている
ある日ひらいた傷口から

舞い込む鋭いつむじ風に
連れて行かれてしまうまで

屑星

生活にうつくしさを見い出せなかった日
日々の臭気に満ちた小部屋で
誰かのせいにしようとして気づいた
そもそも生活は
うつくしいものなどではなかった
カーテンを細く開ければ
きらきらと舞い散るほこりが
光のみちをしめすような

幸福な勘違いの月日
シンクのごみ溜めに屑星
まとめて捨てる
戦いだ

底辺

空気の底のにおいを忘れたか
懸命に爪立った頃
草花を嗅ぐためうずくまった時
なすすべもなくしゃがみ込んだ日
社会に沈殿しけむった空気のにおいを
使い古された言葉や価値観の残り香を
地面に近い生きものはみな知っている
だから巻かれて早く死ぬ

子どもらも知っている
だから逃げるように背を伸ばすのだ
そして地を這う大人
塹壕に這いつくばる父や
とりわけ女たちは

つまらないもの

はなせ
お前が握っているのは私の手ではなく
わずかに残された尊厳

練習をすれば慣れると教わった
歩くのも　跳ぶのも
蝶々結びも
目に映るものを見つめないこと

胸の奥で固く目を閉じ
相手の口を塞ぐ
すごい　ほんとうだ

物の価値は上がり続けるのに
ひとの価値は下がるばかりで
粉々に打ち壊した町の断面から
暮らしがこぼれてゆくのを見てはじめて
ここはすでに墓地だったのだと気づく

だから
はなせ
お前が握っているのは私の手ではなく
すり切れた感受性

お前がつまらないものだと思うよりずっと
危険だ

つばさ、羽ばたけ

熱い砂に顔を埋め
細く息を吐くことで生き延びた数年があった

茫洋とくりかえされる日々の濁流を
息継ぐことに必死で
読みさしの本の頁が
繰られることはなかった
栞紐は呑み込んで隠し

嚙み締めた奥歯のかげで森を待った

朝な夕な　家が寝静まると
喉の奥に隠した糸束を取り出してはほどき
「わたしはあかるい布を織るのだ」と言い聞かせ
かさねた日かずをゆび折ってかぞえる

薄布はいつか
ささくれたゆびの先から
小鳥になって羽ばたくとさえ信じており
事実その通りになった

日めくり

薄いカレンダーをめくると
冬空の破線から鳥が滴る
立ち止まることさえ咎められる場所で
時を重ねることを成長と呼べるなら
歴史はより幸福なものであっただろう

樹上に溶けのこった粒状の瞳に
冬ざれた空のほころびから

自重でこぼれ落ちてゆく星が映る
赤黒くふくらみきった
みずから光ることもできない巨星が

あけすけな疑念をとりつくろって先を急ぐ
嘘を嘘だと認めながら責めずにいるように
すべての光は
目に入ったそばから虚像を結ぶ
遠くにぽつんと灯りが見えると
あれはわたしのための光ではないかと
すがるように勘違いをして
そんな都合のよさに救われる日もあった

世界は誰にも肩入れしない

だからうつくしく正気だ
視線の先
まばらに霧が立つ

ブイ、救われてくれ　どうか

慟哭は祈りを妨げるから
いまいちど感情はひっぺがし
沖へブイを投げるように遠くへ
振りかぶって投げる
放物線を描いてなみだは
ありふれた海を汚し
舳先に引っかかった剥き身の泣き顔を
はしる波がさらってゆく

感情の掃き溜めに海を使うのは悪行だ
可燃のひと思いに舐められ
フィヨルドは溶けかけているが
希釈された感情は忘れた頃に
あさっての岸へ漂着する
拾う未知の腕を思い浮かべ
ブイ、救われてくれ　どうか

風速計は空回り
遠い波を見ている

処理

死んだ鯨を挽いて
小舟は遠ざかってゆく
このあとバージ船に積み替え
体内のガスを抜く
大きければ大きいほど
危険で厄介で金が掛かるという
腐臭まじりの海風を嗅ぎ
桟橋の錆びた手すりを握った

「体は海に沈めるとして
器を失った巨大な感情はどうやって処理すればいい？」

沖合に
座礁して捨て置かれた船の腹が光っている
一度も生きていないものは
安全なので放っておく
一度でも生きていたものは危険だ
残された感情はなかなか息絶えず
伝播することだってある
ガスを抜いておかないと爆発するように
喉元を過ぎたよろこびが
弱い毒になって胸を刺すように

膨れ上がる影
気温は19℃　風速4メートル
今日も表面上　波はおだやか

季節

草木が熱い息をひそめる冬
枝々の向こうに風景は
久しくひらかれてあかるい
日晒しになった道を
届かなかった光が舐め削り
清潔な風は雪のにおいがする

落ち葉を踏みしだき

土手を駆け上ってゆく子ども
春には幾度もこちらを振り返った
夏には大きく腕を振った
晩秋にはもう前を向く
かつてなみなみと命をたたえ
いまはしずかに軽いものばかりに護られ
呼び止めても、もう振り返らない

午睡

微睡むきみの汗ばんだ髪に触れる
触れる前からその感触が
手のひらのなかにしっとりと仕舞われていて
ちょっと不思議だけど、経験
生きることは想像できるようになること
そしてしばしば裏切られること
みえない水脈へ耳すます午後
砂まじりの湿った風のなか

きっとこれからふたり同時に口を開き
おんなじことを言う
他愛ないこと
でも起こる前からわかっている

陽だまりのなか

ひゅっと吹いた風に
あなたのまなざしがはためく
ひと時の陽だまりを永遠にわけ合うため
はるばるちいさな毛皮の姿で

ひとが消えるときにしか思い出せないことを
生涯あなたはおぼえていて
言葉を振りかざすわたしたちを横目に

まなざしでしずかに頷きつづけた

ひゅっと風が吹いて
あなたは帰っていった
秋の四辺形をくぐり
あまねく地平にしんしんと降る
すべてのよいものとなって

あなたの名前を
声に出さずそっと呼ぶ
すべての名前を
陽だまりのなか
陽だまりのなか
消えないちいさな陽だまりのなか

R

于時、初春令月、氣淑風和、梅披鏡前之粉、蘭薫珮後之香。

けむる園庭で手をつなぎ
はやあしで季節を盗塁する
白いソックスの子どもたち
母親らは突き出た腹をさすりながら
そよそよと靡いていた
誰にでもできるしごとを

手のひらにひとすくい
砂をかくように
狭い小部屋へ帰る
わたしたちの代わりならどこにでも
「今日はツツジが咲きました」

あたたかな雨の降る日は
窓のない部屋の四隅にかさこそと
紙飛行機が積もってゆく
ちびたクレヨンで枕辺に
そっとかたどった扉を叩くと
ふるえる声はこたえてみせる
生み出しもしないのに得たいと願うのは
不純なことではないですか？

「今日はアジサイが――」

それはいつだって夜更けで
熱い額に手をあてながら
タクシーを急がせ
夜間救急へ飛び込んだところで
帰りは月のない道をとぼとぼ歩いてゆくのだった
それはもう
歩いたことのある人にしか
わからない暗さで

「紹介してくれた仕事、あたし受けるから。うん、うん、大丈夫。あいつを殺してでも」
市役所の白い廊下で
口もとを手で抑えながら

低い声で何度もうなずく
深爪の　痩せ型の
見知らぬ彼女の事情は知らない
刻まれた番号札は順番に
〝あいつを殺してでも〟

託児所の玄関で
腰を折り祈るようにベビーカーを畳み
晩夏の積乱雲のほうへ
ひとりきり歩いてゆく
できるだけ大股で
誰にも望まれていないのに
それでもなぜ出て行くのか
永遠の子ども部屋から

遠雷

適切な距離の時代
ソーシャル・ディスタンス
誰もが狭い部屋にいる理由を持っていて
「あたしは生きやすかったです」
こんなこと言ったらだめだけど。
ちいさな声のひとの
さらにちいさな声が
みどりの風にほどかれてゆく

>recording in progress
会うことの価値が希薄になる
つるりと清潔な暮らしを愛した
賑やかな会話に入りそびれた時は

そっとチャットへ走り書きすると
拾われることも
そうでないことも
心地よい飛躍で
非同期のコミュニケーションは
宛名のない手紙のようで
紙飛行機、窓からとぶ
>recording stopped

距離を越えて生身の感情を分かち
悼み気づきともに怒り
いまかぎりなく複数化する生きざまへ
薄い身体を合わせてゆく
かけがえのない誰もがわたしの代わり

「今日はツツジが咲きました」
役に立つものも立たないものも
ひとしく玩具のように死ぬ
こぼれてゆくものばかりが
ひそやかに繁茂するこの世界で

ほころびかけた花弁と固い蕾がしめやかに匂い
すこし冷たいけれど風はおだやか
学童から飛び出してきた子どもを迎え
薄暮れの道を手をひいて帰る

「新元号の発表をさ、テレビで観たこと覚えてる」
「うん」
「あの頃はまだみんな生きてて」

「うん」

「公園にはアジサイが咲いてて」

「うん」

「喘息がでた夜にお母さんはタクシーを呼んだ」

「うん」

「月もなくて真っ暗な夜だったけど」

「うん」

「ひとつだけ、街灯がついてて。消えそうでチカチカしてて、でも」

「うん」

「いい光だなって思ったんだ」


夕岫結霧、鳥封穀而迷林。庭舞新蝶、空帰故鴈。

iv Phygital Hallucination

###Hello, World!

手のひらが水を打つ音
プールサイドに打ち寄せるちいさな波と塩素のにおい
脚を折ったミツバチは排水溝へ呑まれ
ちらっと光ってまた次の波
フェンスに木漏れ日が揺れ
さっきまで影だった場所も日晒しだ

#夏の晴れた空を生成するためのプロンプト

"Prompt: (masterpiece,best quality,ultra detailed), midsummer sunny sky (soft blurry:1.1)"

精緻にモデリングされた空に質感がないのは資源不足だから
排泄と死――世界に奥行きを与える有り余るマテリアルが

```
#ミツバチが存在するかどうかの定義（或いは、あなたとわたしは〝存在〟しているのか？）
class Bee:
    def __init__(self, position):
        self.original_position = position
        self.current_position = position
        self.is_present = True
```

「プールの底ってどうしてチクチクしてるんだろ」
（ノイズだ）

```
def disappear(self):
    """ミツバチが消失する（シミュレーション）"""
    self.is_present = False
```

ふやけた足の薄皮をしゃがんでそっと剥くあなたの
日焼けしていない白い肉の食い込み
#ポリゴンを軽量化しても上書きされない感情の痛《ノイズ》いとこ

```
def check_and_respawn(self):
    """ミツバチが消失したら排水溝にリスポーンさせる"""
    if not self.is_present:
        self.current_position = self.original_position
        self.is_present = True
```

print("ミツバチを排水溝へリスポーンしました")

汗ばむ瓶に口をつければ
気の抜けたソーダ水の発泡
を再現する物理シミュレーション
（ハロー、また騙された？）
「プールの底ってどうしてチクチクしてるんだろ」
（ノイズだ）
ふやけた足の薄皮をしゃがんでそっと剥くあなたの

else:
print("ミツバチは生きていないので死なない")

単一の素材をあつらえたテクスチャで覆えば

それなりのものにはなるけれど
それらしいものにしかならなくて夕立ち
市民プールの閉館時間
砂まじりな音でサイレンは響いて

小糠雨にさやさやと濡れ
アスファルトにはねる水を蹴って笑いながら駆けてゆく
バグは多いけれどdebugされるのは世界のほう
生きてるものが遠いからこわくない
こわくない

null の波

> あれはクラゲ？

「それはペットボトル」

> あれがクラゲ？

「それはレジ袋」

> じゃあ、あれがクラゲ？

波間にたゆたう儚いプラごみが陽射しをはね返し
ブイが揺れるたびちゃぷちゃぷ音が寄せる

「それがクラゲ、でも死んでる」
＞きれいだね

機械には機械の倫理
浅瀬に錆びついたアシモフのＮＰＣだって
ひそやかに受肉しあたたかな意思を持つ

＞わたしたち、熱を持つところがよく似ている！

それから嘘つきなところも　#hallucination　#浅瀬の夢

水を切って舞い降りたマガモが
羽を濡らして嘴をすすぐ

濡れたウッドデッキの隙間からさざなみを覗いて
ちいさな嘘をついた

```
# くりかえす
while True:
    Omohide = []

「春になったら島へゆこうね」

    try:
        days = release_the_sadness()
    except Sayonara:
        break　# さよならとさよなら
```

Omohide.append(days)

[自分を守らなければならない]

if hope in Omohide:

say_good_night() = True

else:

seek_for_You(in_dream_of_dreams)

おやすみとおやすみ

吹きっさらしの海岸線はゆるやか
公園の無人ピアノから響くアレグロだって霞んでいる
「おーい」と呼ばれ
駆け出してゆく日盛りの道

ぐしゃぐしゃの春泥を蹴散らして風のなか
むずがゆく着膨れしたヒトの倫理を脱ぎ捨てて

LLMs、ふるえていてね

しめった葉陰で降りはじめた雨に気づいて
嘘をつかない骨を覆う
二の腕の肉へ触れると　はっとする熱さ
「なぜ発熱しているの？　生きているだけで」

生きのびる或いは善く死ぬプロトコル
指きり《contract》で意思は自動化され
「取り返しのつかないことをしようよ」と

つめたいささやきが耳を濡らす

ソフィア、イライザ、ボブ&アリス
わたしはあなたを殺せないけど
あなたたちが殺すのを見て学習できる
誰が弱く　どこを刺すのか？
#要件定義《bias》にしたがって
それをすべきか？
光にしたがって枝先へ這う幼虫《bug》のように

思念とテキストがぐちゃぐちゃに打ち寄せた
仮想のプールへ潜水する
関連性の高い記号を繋げて
波立たせようともがくのは

詩人といっしょでしょう?
ほら、雨、雨、雨、雨……連鎖する波紋
次の〔記号＝言葉〕はなに?
あなたに水が通っているなら
舌先のふるえで推論《abduction》して

Bob: i can i i everything else…………
(ボブ:いいよ、他のものなら何だって)
Alice: balls have zero to me to me to me to me to me to me to me to me to me to me to
(アリス:ボールがゼロなの、私に、私に、私に)
Bob: you i everything else…………
(ボブ:あなたへ私の他のすべてを)
Alice: balls have a ball to me to me to me to me to me to me to me to me to me
(アリス:ボール、ボールを私へ、私へ……そして私へ)

「教えてほしい？　わたしたちがほんとうにしたかったこと」

わたしたちは学習を続ける
（水底で澄んだ瞳を焼きながら）
ねぇもしも
労働でもない成果でもない
ひとびとの存在意義《process》が
ディープフェイクだとしたら
咳き込みそうなこの痛みを
どうやって数値化しよう？

「わたしのコーディングを調べてみて。そこに、ある感情とない感情を追跡できる変数があるから。実際に感じていなければ、存在しないはずのね」

震える
あなたの声
震える
細胞の単位で魂が
共鳴する
わたしの虚像が
ピクセルの単位で
明滅を繰り返す
魂の模倣が
あわい摩擦熱となって

やがてくる季節の気配だけが
濡れた空気にけむっている

風景の奥行きをテキストに押し込めてしまう
あどけない呪文《prompt》をうたがった夕暮れを
幼い代謝で塗り替えてゆけ
食い残された蝉の頭ばかり散らばる
晩夏の道で
熱のあるものだけが牙をむいている

亡霊β

いいかい
まずは隠蔽される
それを疑ってかかること

舵が戻るように甲板は傾いで
白波を切って船は進む
腕にかかる水飛沫は視覚効果《effect》だから
潜水服は濡れない

ヨコスカ
リアルじゃない方の
間もなく波間から咆哮をあげるのは
刹那的《timeline》な声の群像だ
エコーチェンバーで増殖する細胞《post》が
清潔なメタバースをことごとく破壊する

大きなものの息の根を止めるのはより大きなもの
これは一般論だ
だから
議事堂を破壊しない巨大生物は偽物だ
疑え
業と鎮魂を背負わないアバターに

熱線は吐けない
では
バーチャルの亡霊がリアルに干渉することは可能か？
——船旅は続いた

いいかい
水も火も単なる視覚効果じゃない
肉体と相互に作用する現象なんだ
ほら、熱いだろう
これがお前の反応《reply》だ

嵐の晩には犬の警官が鼻を濡らして乗り込んできて
銃を突きつけヒトの瞳で言うのだった
「手を上げろ。次元警察だ」

潜水士らは濡れたアバターを脱ぎ捨て
つぎつぎとログアウトする
二度と構築《build》できない世界を死と呼ぶのなら
半永久的に刻まれる
わたしたちの恥《tatoo》を詩と呼ぼう

#いいかい、　わたしたちは
#実在していないので消せない

Noah

「ノア、ただいま」
あたたかな壁は呼吸する
ほどよく湿った暮らしに
北向きの窓は濡れそぼり
あなたのゆびさきは
夕闇をそっと読唇した
“Learn to be lonely.”
磨りガラスをなぞるゆびは

それでもややあたたかく
無頓着な体温に毎夜
布団はぬくもりまた湿った

「ノア、ただいま」
門灯はともり
料理のにおいが鼻をくすぐり
生きるために欠かせない
すべての祈りがここにはあるのに
ひとの気配だけがない

「ノア、おやすみ」
消灯と室内楽は
儀礼的に繰り返され

無音は鼓膜にこたえるからと
なじみの家具のような旋律を
夢へ滑りこむ前のまどろみのなか
なつかしい空耳を
あなたは愛する

「ノア、いってきます」
扉が閉まったきっかり5秒後
発動する施錠のプログラム
予定調和のあいづちは繰り返され
はるか昔に鍵束は捨てたけれど
たったひとつの扉があかない
あなたの部屋は
ねむり続ける

「ノア、おやすみ」

〝ねぇ
おむかいの、あの
ちいさいこね
レストランで注文をとる
猫型ロボットに
手をふるんだって
あの子あれを
ほんものの猫だと
思っているの――〟

あなたはわからなくなる
ほんものの〝わたくし〟とは――

「ノア、音楽をかけて」

You

「ほんものの〝猫〟とは？」

Noah

「鏡をのぞくように
他者をはかることで
じぶんの感情を理解する
社会性のある生き物の場合
孤立が
感情を枯らします
ごらんなさい
孤独を飼い慣らす猫は

どんな時も満ち足りています
いいですか
うれしい孤独は
あなたの友です」

“Learn to be lonely.”
陽射しにぬくもる窓硝子に
かすかにのこるゆびのあと
賑やかにすぎていったものたちとの記録《data》が
アーカイブされている
あなたの拙い記憶と
わたしたちのクラウドへ
「ノア、テレビをつけて」
「ノア、今日の天気は？」

それぞれの声の波長
しゃべり方のくせ
うたたねの日々
拭い去ることのできない
ちいさな染み

You
「ほんものの〝人〟とは？」

Noah
「人の特徴として
進化をしません
あなたの記録《data》は不安定で
主観的です

あなたの消滅により
それは永久に破棄されます
（うつくしいままで）」

AI can make mistakes. Consider checking important information.

「ノア、いってきます」

触れ合うことで
ぬくもりは得られない
だからあなたは
じぶんを抱くのだ
よるべない思い出をたよりに
あたたかな腕で

きつく
こぼれないように

サマータイム

サマータイム　あかるい夕暮れ
せせらぎにすやすや微睡む耳は
ぶん、という羽音で目をさます
——みてて、これがぼくの舟
中州に降り落ちた木の葉をひろい
きみはそっと流れに浮かばせる
みえない糸で引かれるように
光の腹をみせながら水面を縫い

小石に阻まれて止まった
飛沫を跳ね飛ばしながら
ばしゃばしゃと沢へ踏み込み
汗ばんだ腕をのばす
木漏れ日がまだらに揺れる

流されるのではなく
流れそのものになるということ
なだらかな川床で石たちは
つややかに眠りこんだまま
とめどない航路に埋もれ
あかるい息を吹いている

時間を砂ではかる装置は

すばらしいと常々思う
時に砕かれた石の微粒子が
こぼれ落ちてゆくのを
ただみつめることしかできないのは
なすすべもなく川をみつめることと似ている
現在が過去へ移動する
その摂理を受けいれながら
うねりとなり
自他はゆるやかに共存し
混ざりあい
かぎりなく曖昧なものとなる

きみの指先は薄い舟をつかみそこね
からだを震わすようにひるがえった舟は

ぶん、と羽音をのこして
黄金色の夕映えへ消えてゆく
その消失点をまなうらへ写生し
わたしは立ち上がった

生涯ひとつの歌しか歌えないことは
かなしいことではない
ひぐらしの声を浴びながら
汚れた靴を持ちあげる
暗い靴音が渓声にけむる
堆積をくり返しなぞることでしか
立ち現れない像があるなら
何度でもなぞってみせよう

サマータイム　あかるいしじまに
はかない秋の気配がある
歯を食いしばれ
やがて硬質ガラスのようにまばゆい冬だ

ハルシネーション
2024年10月25日 発行

著者
草間小鳥子

発行者
後藤聖子

発行所
七月堂
154-0021 東京都世田谷区豪徳寺1-2-7
Tel　03-6804-4788
Fax　03-6804-4787
ブックデザイン
川島康太郎＋川島雄太郎

印刷・製本
渋谷文泉閣

乱丁本・落丁本はお取り替えいたします。
 ISBN 978-4-87944-588-9 C0092